4 Octobre 1880

CATALOGUE

D'UNE COLLECTION INTÉRESSANTE

DE

CÉRAMIQUE

DE L'EXTRÊME ORIENT

Théières de matières et de formes différentes

Plats, Assiettes, Vases

Pots à tabac, Brûle-Parfums, Statuettes

Groupes, etc., etc.

DONT LA VENTE AURA LIEU

HOTEL DROUOT

SALLE N° 3

Le Lundi 4 Octobre 1880

A DEUX HEURES

M° Henri LECHAT	M. MARGELIDON
COMMISRE-PRISEUR	EXPERT
Rue Baudin, 6 (square Montholon)	Boulevard Haussmann, n° 38

EXPOSITION PUBLIQUE

LE DIMANCHE 3 OCTOBRE 1880

PARIS — 1880

Vᵉᵉ RENOU, MAULDE et COCK

IMPRIMEURS DE LA COMPAGNIE DES COMMISSAIRES-PRISEURS

Rue de Rivoli, 144

CONDITIONS DE LA VENTE

—

Elle sera faite e   ment au comptant.

Les Acquéreurs paieront CINQ POUR CENT en sus des enchères, applicables aux frais de vente.

DÉSIGNATION

1 — Petite Jatte en ancienne faïence de Kutani, émail
vert, jaune et violet.

2 — Bol en ancienne porcelaine de Kishni, émail
turquoise et violet manganèse.

3 — Deux Assiettes en ancienne porcelaine de Kueig-
Kang (Chine), fond gravé sur la couverte
d'émail opaque.

4 — Deux Assiettes à fond mordoré, grand feu, en
porcelaine d'Ovvagi (Japon); décor de tortues.

5 — Bouteille à eau-de-vie de riz en terre siliceuse,
forme gourde ronde et plate ; médaillons représentant des chimères modelés en bas-relief.

6 — Assiette en ancienne porcelaine de la Chine du
règne de Kan-gchi; décor bleu et rouge au
grand feu sous émail, représentant le dieu de
la Prospérité.

7 — Assiette en ancienne porcelaine forme lobe ;
décor bleu, grand feu.

8 — Compotier en ancienne porcelaine, avec fond bleu fouetté, sur lequel s'enlèvent des médaillons en réserve fond blanc ; décor bleu.

9 — Huit grandes Soucoupes en ancienne porcelaine du Japon ; décor polychrome.

10 — Compotier en grès émaillé ; décor en barbotine, fleurs de pêcher et inscriptions.

11 — Une ancienne Plaque ronde en terre émaillée avec inscriptions gravées en creux et argentées.

12 — Canard mandarin en ancienne faïence ; décor polychrome.

13 — Pot en faïence, imitation par les Japonais, d'un vase de pharmacie italienne.

14 — Divinité en ancien grès de la Chine, les vêtements du personnage sont en émail rouge, grand feu.

15 — Chimère en ancienne porcelaine servant de brûle-parfums, décor polychrome.

16 — Seau en faïence de Kiotto ; décor bleu en émail, relief et or.

17 — Lanterne japonaise en ancienne faïence, couverte en émail opaque taché de vert et noir de fer.

18 — Petite Assiette en ancienne porcelaine de Kutani émail vert bleu, jaune et violet.

19 — Plat en ancienne porcelaine, décor paon dans un
cartouche carré, s'enlevant sur un fond de dessin à rouge de fer.

20 — Assiette à pans, en ancienne porcelaine d'Imari.

21 — Compotier en ancienne porcelaine du Japon ; décor, de fleurs et oiseaux.

22 — Compotier en ancienne faïence du Japon, paysage
en émail vert translucide.

23 — Assiette en faïence européenne, trouvée au
Japon, le marli est réticulé.

24 — Compotier en ancienne porcelaine du Japon,
décor ; de fleurs eh bambous.

25 — Plat creux en ancienne porcelaine du Japon ; au
milieu, décor de chrysanthèmes ; sur le bord
cartouches en forme de cœur.

26 — Assiette à pans en ancienne famille rose.

27 — Assiette à pans en ancienne famille rose.

28 — Assiette en ancienne porcelaine de la famille
rose.

29 — Deux petites Assiettes, à bords dentelés, en ancienne porcelaine du Japon ; décor polychrome.

30 — Cache-Pot en ancienne faïence de Satzuma, pro-
vince du Japon.

31 — Pied en bois de fer sculpté; dessous en marbre.

32 — Grand Compotier en grès émaillée en vert, bleu
et violet ; décor de paysage.

33 — Assiette à pied, décor dessus et dessous, belle
glaçure d'émail.

34 — Cache-Pot à pans, émail ; décor chiens japonais
s'enlevant sur le fond.

35 — Plat de la famille verte ; décor de personnages.

36 — Plat ayant la forme d'une feuille de lotus, sur
laquelle s'enlèvent des cigognes peintes en
émail, relief.

37 — Vase, forme volute, en porcelaine blanche, ayant
comme soubassement une boule réticulée.

38 — Grand Brûle-Parfums, ayant la forme d'une ruche
en grès émaillé.

39 — Beau Brûle-Parfums, en porcelaine de Kanga ;
riche décor.

40 — Déesse japonaise avec l'oiseau sacré, vieille terre
de Satzuma émaillée en blanc.

41 — Baquet japonais à anses en grès émaillé et flambé;
couvercle en bois laqué.

42 — Grande Jardinière, forme rouleau, en ancienne
porcelaine de Someské (Japon), bleu cobalt sous
émail.

43 — Vase, forme balustre, en grès émaillé ; décor de
dessins géométriques en oxyde de manganèse.

44 — Vase, forme gourde ou hyotans, en ancienne
porcelaine d'Imari ; décor polychrome.

45 — Divinité en ancienne porcelaine de Someské
(Japon) ; décor en petit et grand feu.

46 — Vase carré, forme balustre, en grès réticulé et
émaillé.

47 — Théière en belle qualité de porcelaine ; décor ara-
besques en bleu sous glaçure.

48 — Théière ronde en terre siliceuse émaillée ; grande
légèreté.

49 — Théière forme, poire, en ancienne faïence de
Kozan.

50 — Théière en grès, forme rectangulaire ; décor en
relief modelé à la main.

51 — Théière en terre émaillée de vert, anse formée
d'une plante sarmenteuse.

52 — Théière en forme de fruit émaillée en jaune,
feuille verte formant le couvercle.

53 — Théière en terre laquée, imitant le laque de Pékin.

54 — Théière en forme de chysanthème, en ancienne porcelaine de Someské.

55 — Théière en grès de fine pâte, estampée très-mince ; l'anse est formée d'une branche de pêches évidée et réticulée.

56 — Curieuse Théière en porcelaine de Someské, forme rouleau, fond mordoré, grand feu, anse en métal.

57 — Théière à pans, émail vert et jaune.

58 — Théière émaillée en bleu opaque, le liquide s'introduit par en dessous, le goulot est formé d'une chauve-souris.

59 — Théière, forme lobe, en ancienne faïence de Kozan.

60 — Théière à pans, en terre réticulée, chaînette en métal retenant le couvercle.

61 — Petite Théière en grès fin, sous la forme d'une feuille. Pièce délicate et signée.

62 — Théière en grès, cartouches en émail. Pièce signée en oxyde de fer sous glaçure verte.

63 — Théière en ancienne porcelaine ; décor cartouches sur fond mordoré grand feu.

64 — Théière en émail sur cuivre ; décor très fin.

65 — Théière en terre de Kozan.

66 — Récipient rond en terre, émail craquelé ; décor arabesque.

67 — Grand Plat en porcelaine bleue sous émail; décor de poissons.

68 — Grand Plat en porcelaine coréenne; décor rouge de fer et émail vert trauslucide.

69 — Grand Plat en porcelaine coréenne; décor rouge de fer et émail vert translucide.

70 — Grand Plat en porcelaine coréenne; décor rouge de fer et émail vers translucide. avec inscriptions.

71 — Grand Plat en porcelaine bleue sous émail; décor crevettes.

72 — Grand Plat en porcelaine bleue sous émail, très couvert en décor.

73 — Grand Plat céladon.

74 — Plat en porcelaine d'Imari.

75 — Grande Bouteille à saké, porcelaine Someské, bouchon en bois laqué.

76 — Tabero ou Cantine japonaise en faïence réticulée de Kiotto.

77 — Pied de paravent en terre émaillée de turquoise.

78 — Brûle-Parfums formé par un groupe de personnages, dans lequel figure Hotei, protecteur des enfants, grès émaillé.

79 — Bouteille à eau-de-vie de riz, émail bleu en relief.

80 — Brûle-Parfums, en vieux Kanga.

81 — Brûle-Parfums, forme boule, en terre émaillée, entièrement à jour.

82 — Petit Cache-Pot en ancienne terre émaillée du Japon; décor de personnages.

83 — D° décor de fleurs polychromes Petit Cache-Pot; pointillé de barbotine.

84 — Ancienne Boîte en pierre de lard finement sculptée.

85 — Pot à tabac émaillé, fond noir, décor vert, couvercle en bois.

86 — Petit Vase carré, fin décor au trait noir, pied en bois.

87 — Vase, forme balustre, en grès blanc; dessins coréens.

88 — Vase carré en terre sous émail craquelé, petit personnage grimpant le long d'un des parois du vase.

89 — Plat carré en émail craquelé; décor d'oiseaux et fleurs.

90 — Grand Plat en grès gris; décor champlevé et incrusté de barbotine blanche.

91 — Deux Vide-Poches, même matière.

92 — Vide-poche en terre émaillée, ayant la forme d'un paravent déployé.

93 — Plat carré à pans; décor de cheveaux.

94 — Plat en porcelaine coffréenne, décor vase de fleurs.

95 — Beau Plat en vieille porcelaine d'Imari, oiseaux et fleurs.

96 — Grande Coquille en grès émaillé.

97 — Jardinière carrée en terre de Kishni, émaillée de turquoise et violet manganèse.

98 — Pot à tabac en grès, émail brun flambé de noir, couvercle en bois laqué.

99 — Petit Vase en porcelaine, couvert d'une matière métallique, cartouches sur fond or. Pièce d'essai.

100 — Petit Vase d'applique en porcelaine blanche, travail imitant la vannerie ; dans l'ombilic, sur la panse, se trouve une branche de pêcher finement modelée.

101 — Pot à tabac en terre émaillée, pans renflés sur lesquels se trouvent des inscriptions et paysages peints au trait noir sous émail.

102 — Vase, forme balustre, à panse renflée, en vieille faïence de Corée.

103 — Deux Plaques de porcelaine de la famille verte; décor très fin.

104 — Motif de décoration de toiture en faïence émaillée vert, provenant du palais d'été. (Divinité assise sur l'oiseau sacré).

105 — Grand Chandelier en porcelaine, époque Keinlong ; riche décor.

106 — Cornet en ancienne porcelaine, émail bleu sous émail, époque de Kan-gchi.

107 — Cache-Pot bleu sous émail, très fin de pâte.

108 — Cache-Pot en ancienne porcelaine fond gris bleu, sur lequel s'enlève un dragon.

109 — Une paire de Pots à gingembre, fond bleu rehaussé de dessin en émail, relief.

110 — Paire de Canards en émail tacheté.

111 — Pi-tong en porcelaine émaillée violet.

112 — Potiche en porcelaine munie de son couvercle. époque des Ming.

113 — Divinité japonaise en faïence ancienne, socle en étoffe chinoise.

114 — Vase vert et bleu, émail flambé.

115 — Paire de Cornets en porcelaine ancienne ; décor polychrome.

116 — Potiche en porcelaine bleu agatisé sous émail.

117 — Vase, porcelaine coupée ; décor de personnages.

118 — Cornet en porcelaine ancienne bleu sur blanc.

119 — Vase en porcelaine céladon craquelée.

120 — Jardinière céladon fleuri.

121 — Vase, forme balustre, en porcelaine, émail grand feu métallisé.

122 — Petit Vase en ancienne porcelaine bleu fouetté rehaussée d'or.

123 — Paire de Bols laqués noir et burgautés.

124 — Cinq Vide-Poches en ancienne porcelaine de la
famille; décor de feuilles de lotus.

125 — Un Vide-Poche en ancienne porcelaine de la
famille verte, fond jaune.

126 — Vase en porcelaine émail gris-perle, à balustre
tuyauté, décor laque d'or.

127 — Une paire de Potiches, époque des Ming.

Vᵉˢ Renou, Maulde et Cock, imprˢ de la Compagnie des Commissaires-Priseurs,
rue de Rivoli, 144   41070